ANVERS,

OU

LA PRISE DE LA CITADELLE

A-PROPOS PATRIOTIQUE,

En deux Actes, mêlés de couplets,

PAR M. DE CÈS-CAUPENNE.

REPRÉSENTÉ, POUR LA PREMIÈRE FOIS, A PARIS, SUR LE THÉATRE DE L'AMBIGU-COMIQUE, LE 5 JANVIER 1833.

PRIX : 1 FR. 50.

SE VEND AU THÉATRE,

ET AU MAGASIN DE PIÈCES DE THÉATRE,

CHEZ MARCHANT, ÉDITEUR,

Boulevard Saint-Martin, N° 12,

1833.

PERSONNAGES.	*ACTEURS.*
LE MARÉCHAL.	MM. GILBERT.
LE GÉNÉRAL.	CONSTANT.
GÉRARD, Caporal au 25e de ligne.	MONTIGNY.
REMY, fourrier.	FOSSE.
GALUCHET, Voltigeur.	FRANCISQUE Je
VAN WENETT, Habitant de Berchem.	DUPLANTY.
VAN BRUTT, Espion Hollandais.	DARMANCE.
UN GRENADIER de la Garde Nationale.	LAMARRE.
UN COLONEL Hollandais.	ÉMILE.
UN OFFICIER Français.	BARBIER.
UN BOURGEOIS Belge.	ALEXANDRE.
Mad. VAN WENETT.	Mmes LAURE.
ANTOINETTE, Vivandière du 25e.	MARGARETTI.
Officiers, Soldats français et hollandais, Hommes et Femmes du peuple.	

La scène se passe, au prvmier acte, dans le village de Berchem, au second, dans la tranchée, devant la citadelle.

Impr. de Lottin de St.-Germain,
rue de Nazareth, 1.

ACTE PREMIER.

Le Théâtre représente un village, dont les maisons sont pavoisées, moins la première de droite Au fond, une grande route qui traverse le théâtre. Au milieu, à gauche, une rue.

SCENE PREMIERE.

CHOEUR D'HABITANS.

Air : *Garde à vous.*

Parlons bas,
C'est le canon qui gronde ;
Entendez à la ronde
Son terrible fracas ;
Parlons bas.

1er BELGE.

Du Français héroïque,
Ce bruit est la musique ;
Ses fêt's sont les combats :
Parlons bas.

CHOEUR.

Ecoutons, parlons bas.

mad. VAN WENETT, *cherchant dans la foule.*

Ah ça ! mais... où est donc mon mari... Dites donc, vous autres, avez-vous vu...

1er BELGE.

Qui ? votre mari, M. Van Wenett ?

mad. VAN WENETT.

Certainement. Où est-il donc passé ?

1er BELGE.

Est-ce que je sais, moi.

mad. VAN WENETT.

Là, je parie qu'il est encore allé faire la conduite au régiment qui vient de partir... C'est plus fort que lui... dès qu'il entend les trombones ou la grosse caisse... pst... le v'là parti en tête... dans les jambes du tambour-major... Heureusement que si le tambour me l'enlève au pas accéléré, le canon me le rend à la course.

(On entend quelques coups de canon.)

1er BELGE.

Eh justement... tenez.

mad. VAN WENETT *à son mari qui accourt.*

Ah ! vous voilà donc... Regardez s'il y a du bon sens... Est-il époufflé !.. et votre dîner qui réfroidit.

SCENE II.

LES MÊMES, VAN WENETT.

VAN WENETT, *allant se jeter sur un banc.*

Ouf !.. quels gaillards que ces Français ! En ont-ils du cœur... et du jarret.

1er BELGE.

Et vous, donc? du cœur, je ne sais pas... mais pour ce qu'est du jarret, il me semble que vous les valez bien.

VAN WENETT.

Certainement... Ça n'empêche pas que pour les suivre... Dieu ! m'ont-ils fait courir... S'ils mènent les Hollandais du même train, ça marchera rondement... C'est que vous ne vous ne figurez pas... à chaque coup de canon, c'étaient des enjambées d'un quart de lieue... il faut que l'odeur de la poudre les attire...

1er BELGE.

Et vous... il paraît...

VAN WENETT.

Oh ! moi, ça m'incommode ; j'ai la poitrine délicate... demandez à ma femme... Ah ça ! dites donc, les amis... avez-vous remarqué...

(Il regarde la maison de Van Brutt.)

TOUS.

Quoi donc ?

VAN WENETT.

Regardez la maison de M. Van Brutt.

mad. VAN WENETT.

Eh bien !

VAN WENETT.

Vous ne voyez pas...

mad. VAN WENETT.

Non, je ne vois rien.

LES AUTRES.

Ni moi.., ni moi... Et vous ?

VAN WENETT.

Ni moi... et c'est précisément ça qui m'offusque... Si ce n'est pas une honte ! lui, un Belge, affecter de ne rien mettre à sa fenêtre, lorsque toutes les maisons de Berchem sont pavoisées... Orangiste de malheur ! Certainement, je ne lui souhaite pas de mal personnellement... mais je voudrais que le premier boulet parti de la citadelle...

mad. VAN WENETT.

Chut! Faites donc pas de mauvais sang comme ça... et venez dîner.

VAN WENETT.

Non, mais c'est que ça me choque... ça me crispe de voir... que je ne vois rien à ses fenêtres... moi, qui voudrais avoir un magasin de nouveautés à ma disposition pour étaler... l'enthousiasme que me cause la générosité des Français... Apres tout, on te connaît, vois-tu, cafard... satellite de Guillaume. Il croit peut-être que l'on ignore que c'est un agent des Hollandais... et qu'il n'est venu habiter sa maison de Berchem que pour mieux observer les mouvemens de l'armée... Ah! si j'en étais sûr!

mad. VAN WENETT.

Mais voulez-vous bien vous taire?

VAN WENETT.

Je ne veux pas, moi, me taire... Je ne... (*On entend le canon.*) Qu'est-ce qu'on entend donc?

1er BELGE.

Le canon.

VAN WENETT.

Ah! il paraît que ça chauffe... et que nous nous battons vigoureusement. Si ça continue, nous ne tarderons pas à prendre le fort Saint-Laurent. (*Regardant à droite.*) Mais non... je ne me trompe pas... en voilà encore, des Français... oui, c'en sont, c'en sont.

(Il court au-devanr d'eux.)

mad. VAN WENETT.

Bon! le voilà parti... M. Van Wenett! et votre dîner. A-t-on jamais vu... Il n'y a plus moyen de le faire mettre à table à présent... il ne vit plus que d'enthousiasme et de fanfares.

SCÈNE III.

LES MÊMES, UN OFFICIER, REMY, GALUCHET, *deux* SOLDATS.

(Ils entrent en chantant le refrain de la marseillaise.)

VAN WENETT, *à l'officier.*

Oui, monsieur l'officier; c'est ici le village : je dirai même le bourg de Berchem.

(Il continue de lui parler bas.)

GALUCHET, *allant s'asseoir sur un banc.*

Ah! enfin, il était temps. . sans ça je donnais ma démission de fantassin!.. Oh là là... je ne sais pas ce qu'est le plus éreinté des cuisses ou des pieds... je crois que c'est les mollets.

L'OFFICIER, *à Van Wenett.*

Très-bien. Fourrier Remy, nous allons nous occuper de suite des logemens.

VAN WENETT.

Des logemens, ils sont tous prêts : venez avec moi, mes amis; venez chez moi.

L'OFFICIER.

Monsiear, nous ne pouvons...

VAN VENETT.

Comment, comment... vous ne pouvez!.. combien êtes-vous donc là... deux... quatre... six : j'en avais encore dix-sept il y a deux heures

Air : *Vous avez vu ces bosquets de lauriers.*

Ne craignez pas, Français, d'être importuns
En acceptant l'offre de qui vous aime.
Quand la querelle et les droits sont communs,
L'asile aussi peut bien être le même.
C'est bien le moins; croyez-moi, que l'ami
Qui vit nos maux, et, sachant les comprendre,
Vient y mettre un terme aujourd'hui,
Trouve un fidèle et sûr abri
Au toît que son bras vient défendre.

L'OFFIRIER,

Mais, monsieur, nous ne faisons que précéder un régiment de ligne, et quelques compagnies de diverses armes.

VAN WENETT.

Ah! c'est différent... je ne peux pas... mais alors tout le village est à votre disposition, n'est-ce pas, vous autres?

TOUS.

Oui, oui.

L'OFFICIER.

Merci, mes amis; mais je désire parler à l'autorité.

VAN WENETT.

Puisque vous y tenez, suivez-moi... pourtant j'aurais bien voulu aller au-devant.., enfin, c'est égal... ils iront, eux... n'est-ce pas?

TOUS.

Oui, allons! allons! (*Ils s'éloignent par la droite.*)

VAN WENETT.

C'est ça... et je vous rejoindrai. (*A l'Officier.*) Venez, messieurs.

mad. VAN WENETT, *à son mari.*

Ah ça! mais, et votre dîner : vous ne voulez donc pas...

VAN WENETT.

Il s'agit bien de dîner, par exemple?

mad. VAN WENETT.

Air : *Je saurai bien te faire marcher droit.*

En vérité, je ne le connais plus,
L'enthousiasme et l'absorbe et l'entraîne.

VAN WENETT.

A m'arrêter, vous perdez votre peine.

mad. VAN WENETT.

Mais venez donc ?

VAN WENETT.

Vos vœux sont superflus.
Dieu ! qu'une femme est un cruel tourment !
Venir parler de manger et de boire,
A moi, qui ne veux, à présent,
Qui ne veux vivre que de gloire.

ENSEMBLE.

mad. VAN WENETT.

En vérité, je ne le connais plus;
L'enthousiasme et le gagne et l'entraîne.
A l'arrêter, oui, je perdrais ma peine,
Et mes efforts seraient tous superflus.

VAN WENETT.

Non, laissez-moi, je ne vous entends plus;
L'enthousiasme et m'absorbe et m'entraîne.
A m'arrêter, vour perdez votre peine,
Et vos efforts seraient tous superflus.

SCENE IV.

GALUCHET, *seul, se frottant les yeux.*

Tiens, tiens, tiens, tiens... a-t-on jamais vu. Moi, qui m'avais presque endormi là... Eh ben ! où sont-ils passés donc, tout le monde... c'te farce. (*Il se lève.*) oh ! oh !.. les mollets... oh ! y a-t.il du bon sens aussi, de voyager par un temps pareil... et des routes, donc... des vrais casse-cous... ornées d'ornières, où c' qu'on s'enfonce à chaque pas... Si c'est là ce que le caporal Gérard appelle le chemin de la gloire... merci !

SCENE V.

GALUCHET, VAN BRUTT.

VAN BRUTT, *sortant de chez lui.*

Quel silence !.. le régiment est parti, sans doute. (*Apercevant Galuchet.*) Eh mais ! cet uniforme... ce n'est pas celui d'hier... Nous sommes seuls... tâchons de savoir...

GALUCHET.

Ah ça ! est-ce qui' vont me laisser ici, donc...Ah ! voilà un bourgeois... Dites donc, bourgeois... avez-vous vu les amis ?

VAN BRUTT.

Qui ça?

GALUCHET.

Pardi, qui ça? les Français, donc... J'espère que nous, qui venons tout exprès nous faire tuer pour vous .. et par ce temps-là, encore...

VAN BRUTT.

Oh! je ne dis pas... au contraire; et je gémis en songeant aux pé.ils, aux fatigues, qui vous attendent... vous surtout, si jeune.

GALUCHET.

Bath! tant mieux, ça fait que je m' taperai plus longtemps.

VAN BRUTT.

Vous vous taperez...

GALUCHET.

Oui, que je m' tapperai... et que je r'tapperai le Hollandais encore... et que je le...

VAN BRUTT.

Voilà bien la guerre!.. des braves qui s'exposent sans savoir pourquoi. Car enfin pourquoi?

GALUCHET, *avec indignation.*

Pouquoi? tiens, j'avais pas encore pensé à ça, moi... faut que je demande au caporal Gérard, justement il va arriver avec le régiment.

VAN BRUTT.

Quel régiment?

GALUCHET.

Le mien donc, et un solide de régiment...et puis aussi des artilleurs, des sapeurs, tout le bataclan quoi...et puis le gros mortier, ce gros scélérat de mortier quoi...Soyez tranquille.

Air : *Ces postillons sont d'une maladresse.*

Ce mortier-là, vous pouvez bien m'en croire,
Est un mortier... j' peux pas vous définir.
On dit que jamais dans l'histoire
On n' vit mortier pareil pour démolir.
C'est un mortier fameux pour démolir.
D' la citadelle il f'ra sauter chaqu' brique
Par sa vigueur.

VAN BRUTT.

Pouvez-vous y penser?

GALUCHET.

L'aimez-vous mieux? eh! bien par sa musique
Il la fera danser.

VAN BRUTT.

Ainsi vous êtes tous bien déc   és...

GALUCHET.

A n' pas y laisser un moëllon, quoi. J'emporterais plutôt le dernier dans mon sac. D'ailleurs... (*Déclamant.*)

Le Français, toujours vainqueur de la plus belle,
Saura-t-aussi être vainqueur de la citadelle!

VAN BRUTT.

Jeune homme, on voit bien que vous ne la connaissez pas la citadelle.

GALUCHET.

Ça c'est vrai, mais je serai enchanté de faire sa...

VAN BRUTT.

C'est ça, allez vous faire égorger, conscrit!..

GALUCHET.

Oui, je le suis, mais...

VAN BRUTT.

Oh! ne vous fâchez pas!..

GALUCHET.

Me fâcher? pourquoi? allez donc!

Air *de Préville et Taconnet..*

Conscrit! tudieu, loin qu' ce nom-là me blesse,
Ah! j'en suis fier, ici, j'en fais l'aveu:
Mais apprends donc que, malgré ma jeunesse,
Des ennemis, je ne crains pas le feu.
Sans hésiter, quand le signal se donne,
Avec ardeur, j'sais marcher au combat:
Car, dès l'instant que le canon résonne,
L' plus jeun' conscrit vaut le plus vieux soldat.
Oui, dès l'instant que le canon résonne,
L' plus jeun' conscrit vaut le plus vieux soldat.

VAN BRUTT.

Tout cela est fort beau, jeune homme; mais sachez qu'il n'y a que quinze jours que le siége est commencé... et la moitié de l'armée y a passé. (*Mouvement de Galuchet.*) ou les deux tiers.

GALUCHET.

Dame, on ne peut pas faire d'omelettes sans casser d'œufs.

VAN BRUTT.

Je vous dis que vous y passerez tous; et comment cela ne serait-il pas! une citadelle hérissée de canons... une bonne et nombreuse garnison à l'abri de solides murailles... et vous, par un temps affreux, dans l'eau, dans la boue, l'hiver, et pas un pan de mur pour vous protéger contre l'effroyable grêle de balles que les Hollandais font pleuvoir nuit et jour sur vous... Et enfin (*plus bas*) il paraît que tout le terrain est miné.., même les grandes routes.

GALUCHET.

Est-il possible?

VAN BRUTT.

Je vous en avertis, parce que vous m'intéressez, jeune victime, et puis vous pourrez prévenir vos camarades.

GALUCHET.

Ah! oui, mes camarades, ça me fait penser qu'il faut que je les rejoigne, paree que je ne suis pas mal refait du côté des jambes... mais l'estomac, elle a besoin de se réintégrer un peu.

VAN BRUTT.

Comment! et que ne le disiez-vous, mon brave... Venez, entrez chez moi... vous déjeûnerez... nous causerons, et je vous donnerai quelques conseils.

GALUCHET.

Pour le quart-d'heure, j'aimerais mieux quelques verres de vin, si ça vous est égal.

VAN BRUTT.

C'est bien ainsi que je l'entends. (*A part.*) Il est intimidé : c'est bon.

Air *du Siège de Corinthe.*

Recevons-le de bonne grâce;
Et bientôt, dans notre parti,
Lui-même, il voudra prendre place,
Et fuir celui qu'il sert ici.

ENSEMBLE.

VAN BRUTT.

Recevons-le de bonne grâce;
Et bientôt, dans notre parti,
Lui-même, il voudra prendre place,
Et fuir celui qu'il sert ici.

GALUCHET.

J'vas avaler de bonne grâce
Le vin de mon nouvel ami,
En attendant que, face à face,
J'aill' dire un mot à l'ennemi.

(*Ils sortent.*)

SCENE VI.

VAN WENETT, *puis l'*OFFICIER *et* REMY.

VAN WENETT.

(Il accourt, va au fond et prête l'oreille.)

Oui, c'est bien ça. (*Il fait un signe vers la gauche. L'officier et Remy entrent.*) J'en étais sûr... ce sont eux.

REMY.

Je n'entends rien.

VAN WNNETT.

Comment, vous n'entendez pas? (*Il chante une marche, et*

fait le geste de frapper sur une grosse caisse.) Boun et boun !.. boun.

REMY.

Vous avez de fameuses oreilles.

VAN WENETT.

Je m'en flatte.

mad. VAN WENETT, *sortant de chez elle, et allant à son mari.*

Ah ! enfin... eh bien ! j'espère que vous allez venir, maintenant.

VAN WENETT, *lui faisant signe de se taire.*

Silence ! (*A Remy.*) Tenez.

(On entend une marche lointaine.)

mad. VAN WENETT.

Qu'est-ce qu'il y a encore ?

L'OFFICIER.

En effet...

VAN WENETT.

Quand je vous disais. (*Avev enthousiasme.*) Boun, boun, boun.

(Il s'élance et court vers l'endroit d'où vient le bruit des instrumens, qui s'entend plus distinctement.)

mad. VAN WENETT.

Comment... ah ! mais... a-t-on jamais vu ? ça devient donc une frénésie...

REMY.

Je ne les attendais pas sitôt.

L'OFFICIER.

C'est toujours comme ça, camarade. Il n'y a rien de tel que d'approcher de l'ennemi pour donner des jambes aux plus fatigués... Heureusement, tout est prêt... Grâce à ces braves Belges, qui n'ont pas oublié notre ancienne confraternité, nous trouvons partout et abondamment des vivres, et, ce qui vaut autant, un bon et franc accueil... Mais le régiment approche...

(Quelques habitans sortent de leurs maisons, et parlent à l'officier. On voit paraître au fond le tambour-major, et, à côté de luî, Van Wénett, marchant d'un air fier et belliqueux, et cherchant à prendre le pas, qu'il perd à chaque instant. Le régiment défile sur la scène ; la musique continue de jouer la marche. On fait halte, et les soldats fraternisent avec les habitans : les uns crient : *Vivent les Français !* les autres : *Vivent les Belges !* On apporte du pain, des brocs de vin, etc., etc. Tableau animé.)

SCÈNE VII.

L'OFFICIER, REMY, VAN WENETT, GÉRARD, ANTOINETTE.

VAN WENETT, *à Gérard, lui présentant un verre de vin.*

A vous, mon brave... Oh! oh! nous sommes un ancien... je vois ça du premier coup.

GÉRARD.

Un peu... et si votre vin a autant de chevrons que moi, je lui dirai deux mots.

(Il boit.)

VAN WENETT, *versant.*

Quatre, si vous voulez.

GÉRARD.

Quatre, soit... j'aime à causer avec les amis... et c'est une vieille connaissance(car v'là bien du temps qu' je suis venu pour la première fois dans ce pays... Tenez, voyez-vous ce clocher là-bas... c'est moi qui y plantai autrefois le premier drapeau tricolore.

Air *du Charlatanisme.*

Guidés par ce noble drapeau,
Nous marchions d' victoire en victoire;
Et d' l'Europe, il n'est pas un hameau
Qui ne fut témoin de sa gloire.
D' courage il embrasait nos cœurs;
Aussi, d' l'enn'mi, les phalanges surprises,
A l'aspect de nos trois couleurs, (*bis*)
Tous les jours en voyaient de grises.

J'espère bien aller le planter encore au haut de la citadelle.

REMY, *à Antoinette.*

Et vous, vous ne vous reposez pas un peu... après une marche forcée?

ANTOINETTE.

Bath! j'en verrai bien d'autres... faut bien s'accoutumer...

REMY.

Et vous ne voulez jamais prendre mon bras... ça me ferait tant de plaisir, pourtant.

ANTOINETTE.

Vous savez bien, Remy, que si ça dépendait de moi... Tenez, voilà mon père qui nous regarde. Vous vous rappelez ce qu'il m'a dit, hier encore...

REMY.

Oui; mais vous êtes un peu trop obéissante, aussi.

ANTOINETTE, *riant.*

Le militaire ne connaît que sa consigne.

GÉRARD, *s'approchant.*

Ça va-t-i finir un jour, la colloque ?

REMY

Ça finira... puisque vous y tenez. En vérité, on dirait... car enfin... qu'est-ce que je lui fais, à votre fille!

GÉRARD.

Eh bien ! encore, je voudrais bien voir que tu...

REMY.

Mes motifs sont honnêtes.

GÉRARD.

Et les miennes sont que tu la laisses tranquille.... et voilà.

REMY.

Vrai, caporal Gérard...

(Antoinette le retient.)

VAN WENETT.

Gérard... le maréchal, où ça .. Gérard.

GÉRARD.

Présent.

VAN WENETT.

Ah ! c'est vous qui êtes...

GÉRARD.

Le caporal Gérard.

VAN WENETT.

Très-bien. Est-ce que vous êtes parent du...

GÉRERD.

Nous sommes frères...

VAN WENETT, *ébahi.*

Bah !

GÉRARD, *riant.*

Frères d'armes.

VAN WENETT, *le poussant.*

Oh ! farceur de grognard, va !

GÉRARD.

Air *de Marianne.*

En même temps, nous commençâmes
Autrefois, si je m'en souviens ;
A cent combats, nous assistâmes,
Et nous fûm's vainqueurs.

VAN WENETT.

J'en conviens.

Mais en arrière,
Dans la carrière,
Il vous laissa quelque peu.

GÉRARD.

Qu' voulez-vous !

Quand tout le monde
Etait brave à la ronde,
L'ancien n' pouvait les récompenser tous:

VAN WENETT.

Son pas fut plus rapid' que l' vôtre,
Mon vieux, dans les distinctions.

GÉRARD.

Au pas d' charg', toujours nous marchions
Aussi vit' l'un que l'autre. (*ter.*)

SCENE VIII.

LES MÊMES, L'OFFICIER, *qui revient du fond, où on l'a vu parler à un courrier.*

REMY.

Eh bien! lieutenant!

L'OFFICIER.

Une excellente nouvelle, mes amis. Au départ de ce courrier, les Français se préparaient à donner l'assaut à la lunette Saint-Laurent.

(Tous les soldats se lèvent d'un mouvement spontané.)

GÉRARD.

Quoi, l'assaut... on va donner l'assaut?

VAN WENETT.

Nous allons donner l'assaut.

GÉRARD.

Et nous n'y serons pas! Mordieu, lieutenant... si le colonel voulait, nous partirions de suite.

(Les soldats entourent l'officier.)

L'OFFICIER.

C'est impossible, camarades... Vous avez besoin de repos.

TOUS.

Non, non, partons! partons!

L'OFFICIER.

Achevez au moins votre repas, pendant que j'irai parler au colonel. (*Il sort.*)

GÉRARD, *jetant à terre le gobelet qu'on lui présente.*

Pour lors... les comestifs à tous les diables. (*Prenant un paquet de cartouches dans sa giberne.*) La meilleure comestif, la voilà.. je ne mords plus que là-dedans... pas vrai, dites donc. Et comme nous sommes des *bonenfans*, nous en ferons passer la moitié aux Hollandais.

LES SOLDATS, *jetant aussi leurs gobelets, et se préparant à partir.*

Approuvé, approuvé!

VAN WENETT.

C'est ça... et à présent, si vous voulez me faire bien plaisir, coupez-moi les oreilles...

GÉRARD.

Hein? comment, bourgeois.

VAN WENETT.

Non, je dis : Coupez les oreilles aux Hollandais.

GÉRARD.

Ah ça! vous êtes des nôtres? vous venez avec nous?

VAN WENETT.

Certainement que je suis des vôtres... mais je ne vais pas avec vous.

GÉRARD.

Vous n'aimez pas à vous battre, je vois ça.

VAN WENETT.

On va se battre!..

GÉRARD.

Si on ne se bat pas, j'árrache la cocarde de mon schakos, et j'y colle une tartine!

VAN WENETT.

Moi, je ne puis pas me battre de sang-froid.

GÉRARD.

On se met en colère!

VAN BRUTT.

Mon médecin me l'a défendu... sans ça vous me verriez le premier à l'assaut.

GÉRARD.

C'est bon... j'entends...

L'OFFICIER.

Camarades, le colonel cède à vos instances... Nous allons partir.

GÉRARD *et les* SOLDATS.

Vive le colonel! Vive la France!

SCENE IX.

LES MÊMES, UN GRENADIER DE LA GARDE NATIONALE, *arrivant de Paris.*

LE GARDE NATIONAL.

Oui, mes amis, vive la France!

GÉRALD.

Un garde national!

LE GARDE NATIONAL.

Qui arrive de Paris, et qni vous en annonce bien d'autres

qui le suivent... J'espère que vous ne refuse. recevoir dans vos rangs.

GÉRARD.

Non, certes... soyez les bien-venus.

LE GARDE NATIONAL.

Eh bien! partons.. C'est que, voyez-vous, je suis pressé, moi.

Air de la Vieille.

Cédant à la voix qui m'appelle
Et n'écoutant que mon devoir,
Naguères, d'une mort cruelle,
Je sauve un frère... et le pouvoir
De ce ruban paya mon zèle,
Quand je n'avais rempli que mon devoir,
Je n'avais fait que mon devoir.
Mais, aujourd'hui, c'est ma plus chère envie,
Ici, je viens, au péril de ma vie,
En soutenant l'honneur de ma patrie, (*bis*)
A ce ruban, oui, je viens, en ce lieu,
Donner le baptême de feu. (*bis*)

(*Ils entourent le garde national et lui versent à boire.*)

SCÈNE X.

LES MÊMES, GALUCHET, VAN BRUTT.

GALUCHET, *sortant de chez Van Brutt, qu'il traine.*

Ah! oui-dà... mon garçon... je t'apprendrai... c'est toi, qui veux embaucher le Français pour Guillaume .. Embaucher Galuchet... ah!

GÉRARD.

Tiens; c'est Galuchet.

GALUCHET.

C'est un prisonnier que je vous amène... un... je ne sais quoi, cemme ça... qui, depuis tantôt, me tient des discours subvertives pour m'enjôler... Heureusement que je l'ai vu venir... et que je me suis dit : Suffit... ton vin, je le boirai... et je l'ai bu, même que ça me fait un drôle d'effet .. et qu' j'en ai la vue un peu trouble.

GÉRARD.

Qu'est-ce que ça fait?.. Est-ce que nous n'allons pas tous prendre des lunettes, donc. (*Riant tous deux.*) Ah! ah! ah!

GALUCHET, *à Van Brutt.*

Mais quant à m'entortiller, tu ne connais pas Galuchet, vois-tu, et si tu croyais m'effrayer avec tes routes minées,.. tes mille canons hérissés de forteresses... un tas de bêtises, enfin...

VAN BRUTT.

Je vous jure que l'intérêt...

GALUCHET.

Oui, t'es pas mal intéressant encore, toi, va.

GÉRARD.

Comment, vous avez osé...

VAN BRUTT.

Du tout.

GALUCHET.

Du tout? si tu n'avoues pas, je te fusille... Faut-il le fusiller, caporal Gérard?

VAN BRUTT.

Grâce!.. Je conviens, mais j'atteste...

GÉRARD.

Tu mériterais... Allons, je ne dirai rien... mais, mordieu, tu viendras avec nous... en volontaire. Galuchet, charge-toi de le faire marcher.

GALUCHET.

Soyez tranquille. (*Lui mettant la baïonnette dans les reins.*) Allons, marche... et, si tu rechignes, t'arriveras là-bas... au bout de mon fusil... comme un pain de la munition, quoi!

LE GARDE NATIONAL, *à qui on a donné des vivres.*

Merci, camarades. (*On entend une vive canonnade.*) Le canon!

TOUS.

Partons, partons...

(La musique joue une marche : les soldats reprennent leurs rangs. Les habitans dans la rue, aux fenêtres, sur les portes, agitent des drapeaux tricolores. Des *vivats* sont échangés. Tableau. Van Wenett défile toujours à côté du tambour-major : et, au moment où le rideau tombe, Galuchet court après Van Brutt, qui a voulu se sauver, et le fait courir devant lui, la baïonnette dans les reins.)

Fin du premier acte.

ACTE DEUXIÈME.

Le théâtre représente la tranchée ouverte près la Citadelle. Au fond un bastion de la Lunette-Saint-Laurent. La batterie est placée au deuxième plan à gauche, et se prolonge jusqu'au fond; on y arrive par un plan incliné. Au premier plan à gauche est l'entrée du chemin couvert qui conduit aux batteries voisines; à droite quelques tentes se prolongent le long des coulisses; on voit ça et là des buttes de terre élevées sur lesquelles on se place pour examiner les opérations de l'ennemi.

Au lever du rideau tout est en mouvement dans la tranchée; des ouvriers mineurs apportent des facines, sacs à terre, etc.

SCENE PREMIERE.

GÉRARD, LE GARDE NATIONAL, ANTOINETTE, SOLDATS.

TOUS.

Air : *Est-il supplice égal.* (Voyage de la liberté.)

Amis, dépêchons-nous,
Ici, redoublons tous
De zèle et de constance,
Montrons aux ennemis
C' que peuvent, réunis,
Les enfans de la France!

GÉRARD.

Que l'Etranger
Sache qu'aucun danger
N'étonne cette armée.
Oui, combattons,
Mes amis, soutenons
Notre antiqu' renommée.

TOUS.

Amis, dépêchons-nous, etc.

LE GARDE NATIONAL.

Si le trépas
Vient nous frapper, soldats
S'il faut perdre la vie,
Rappelons-nous
Qu'il est glorieux et doux
D' mourir pour la patrie.

TOYS.

Amis, dépêchons-nous, etc.

ANTOINETTE, *offrant un verre d'eau-de-vie à Gérard et au garde national.*

Tenez, mon père... et vous, mon brave, buvez-moi ça... l'air est humide ici.

LE GARDE NATIONAL.

A la prise de la citadelle.

TOUS.

A la prise de la citadelle !

GÉRARD.

Oui, et que ça soye plutôt aujourd'hui que demain... ça commence à m'enrhumer de patauger dans l'eau, comme nous le faisons depuis huit jours... Je ne suis pas du caractère des canards, mordieu... et mon tempérament s'accommode pas de l'eau, de cette eau-là s'entend. (*A sa fille, en frappant sur le baril.*) Comprends-tu l'apologie, toi ?

ANTOINETTE, *lui versant un verre d'eau-de-vie.*

Tiens, si je comprends... voyez plutôt.

GÉRARD, *buvant.*

A la bonne heure ! ça mitige un peu les mauvaises affluences de la brume... Quelle chienne de tems ! si on ne dirait pas qu'il est fait exprès pour protéger Guillaume.

LE GARDE NATIONAL.

Oui, le tems est des plus défavorables pour les opérations du siége ; mais le courage triomphe de tous les obstacles, et l'armée n'en manque pas...rien ne l'abat, rien ne larrête; et, après tout, si la saison est rigoureuse... (*Riant.*) nous ne pouvons pas dire que le feu manque ici.

GÉRARD, *riant.*

Ah ! ah ! ah ! c'est vrai que nous nous chauffons pas mal.

LE GARDE NATIONAL.

Surtout depuis que nous sommes installés dans la lunette St-Laurent.

GÉRARD.

Ne me parlez pas de ça... Quand je pense que nous sommes arrivés trop tard, le jour de la prise...

LE GARDE NATIONAL.

Et pourtant nous avions marché bon train.

GÉRARD.

Mais ils se sont tant depêchés.

LE GARDE NATIONAL.

Ils se sont rappelé l'exemple que vous leur aviez donné jadis, vous, qui preniez les capitales à la course.

GÉRARD.

Ah ! oui, dans ces tems-là... Après tout, ça n'allait pas mieux qu'aujourd'hui...car mordieu j'en sais quelque chose, et je vous donne mon billet que je n'ai jamais vu plus d'ardeur et de résolution qu'en montrent nos jeunes soldats à ce siége d'enfer où les balles, les boulets et la mitraille tombent comme la grêle,

LE GARDE NATIONAL.

Que ne ferait-on pas avec de tels hommes!

GÉRARD.

Ah! ce n'est pas les braves qui manquent...c'est autre chose, et si on voulait...

LE GARDE NATIONAL.

On voEdra, camarade; en France, voyez-vous, tout le monde veut le bonheur et la gloire de la France!

GÉRARD.

J' dis pas... mais...

LE GARDE NATIONAL.

Laissez faire; si ceux qui nous gouvernent n'ont pas toujours répondu à votre noble impatience, c'est que votre sang leur est trop précieux pour qu'ils le prodiguent inutilement. Mais que l'intérêt ou l'honneur de la patrie le réclame... et alors, comme aujourd'hui, vous les verrez joindre leurs efforts aux vôtres pour triompher de ses ennemis.

Air : *Du dieu des bonnes gens.*

Prince et soldat, quell' que soit la naissance,
Chez nous, ami, veulent tout partager :
Tout est commun, infortune, espérance,
Et le plaisir, le bonheur, le danger.
De se prêter appui chacun s'honore,
Vous le savez : chaque jour, au combat,
Ensemble, ici, nous retrouvons encore
Le prince et le soldat.

GÉRARD.

Oui, oui... c'est vrai... et je peux le dire, car je l'ai vu de mes deux yeux... ce matin, encore... vous savez, quand le maréchal est venu à la tranchée... avec les deux frères... ah! dame... il faut ça, aussi... car, nous autres, quand nous sommes en face de l'ennemi... nous n'aimons pas à détourner la tête... pour voir ce que commande le chef... Mais j'ai pas à me plaindre d'eux... ils n' boudent pas... et ça m' fait plaisir d' les voir... vû qu' ça me rappelle une autre campagne, glorieuse aussi... où le père était mon chef de file.

LE GARDE NATIONAL.

Ah! oui... et dans ce pays-ci.

GÉRARD.

Précisément.

Air *des Trois Couleurs.*

Oui, dans nos rangs, leur père, de la France,
(Je m'en souviens... j'étais à ses côtés.)
En d'autres temps, sut prendre la défense,
Et, comme nous, sout'nir nos libertés,

Maint'nant ses fils, dont chacun d' nous contemple
La jeune ardeur, vienn'nt avec nous aussi,
Fiers d'imiter tous deux ce noble exemple,
D' la liberté (*bis*) combattre l'ennemi.

(*On aperçoit un mouvement dans la tranchée.*)

Mais qu'est-ce qui nous arrive douc là ?

LE GARDE NATIONAL.

C'est le général qui visite la tranchée.

SCENE II.

LES MÊMES, *un* GÉNÉRAL.

LE GÉNÉRAL.

Courage, mes amis, continuez, et cette batterie ne tardera pas à être en état de répondre aux Hollandais... Le maréchal compte sur elle pour faire brèche, et alors le reste à vos bayonnettes...

LES SOLDATS.

Vive le maréchal !

(On amène une pièce de canon ; les soldats s'y attèleut et la conduisent dans l'embrâsure. On apporte des munitions. Mouvement. Le général préside à ces travaux, et encourage les hommes ; Gérard et le garde national se joignent à eux.)

SCENE III.

GALUCHET, VAN BRUTT.

GALUCHET, *suivant Van Brutt, qui pousse une brouette.*

Allons, allons... nous ne marchons pas, crédié.

VAN BRUTT, *s'arrêtant.*

Un moment... je n'en puis plus.

GALUCHET.

Bâth ! laissez donc... Vous v'la-t-y pas bien malade... pour rouler une brouette comme ça... Dirait on pas que c'est le gros mortier... qu'on dit que pour porter rien que la bombe qu'on met dedans... il faut deux chevaux... alors bon, vous qui n'êtes qu'un simple homme vous ne pourriez pas... mais ça... allons donc.

VAN BRUTT.

C'est si lourd.

GALUCHET.

Si lourd... *faignant* ; si lourd... en fait-il, des cérémonies... tirez-vous de là un peu, que je vous montre. (*Il prend la brouette, qu'il peut à peine soulever. — La laissant retomber.*) ce n'est rien du tout : j'irais jusqu'à Paris avec ça... et je me mettrais dedans encore par-dessus le marché... Mais en voilà assez... ça me gâterait la main pour faire le coup de feu...

En route, mon vieux, c'est justement pour garnir le mortier monstre que nous travaillons.

VAN BRUIT, *qui a fait quelques pas, et s'arrête.*

Nous travaillons... c'est-à-dire, vous...

GALUCHET.

Certainement... si vous croyez que vous êtes facile à conduire avec vos zig-zags...et avec ça que vous êtes têtu comme un.. roi de Hollande...Allons, ho hu, pas accéléré, arche... le gros mortier s'impatiente... il veut parler à son tour... la langue lui démange... C'est celui-là qui en fera du fracas dans la citadelle, j'ai déjà fait une chanson là-dessus, moi...

(*Fredonnant.*)

Air *des Poletais.* (Ça viendra.

Oui, c' mortier-là (*ter*)
Bientôt s' montrera,
Fabricants de poivre,
Oui, c' mortier-là, (*ter*)
Fabricants de poivre :
Vous en pilera.

SCENE IV.

LES MÊMES, ANTOINETTE, *puis* RÉMY.

GALUCHET, *à Autoinette.*

Tiens, vous v'la... mam'selle Antoinette... Eh bien! ça sera-t-y pour bientôt ?.. Puisque votre père le veut bien, et vous seriez si heureuse avec moi qui vous aime tant... que mon cœur en est calciné... par vos charmes.

ANTOINETTE.

Galuchet, écoutez... vous êtes un bon garçon... mais ça ne suffit pas.

GALUCHET.

Qu'est-ce qui me manque donc? Il me semble pourtant que nous ferions des époux assortis, comme on dit; car enfin si on vous appelle ici : *la belle et brave vivandière du* 25ᵉ... Eh bien je suis brave aussi... et assez gentil.

ANTOINETTE, *qui aperçoit Rémy dans le fond.*

C'est bien, laissez-moi.

GALUCHET.

Oh! je sais pourquoi...Rémy... pas vrai... mais il peut être tué... n'est-ce pas?

ANTOINETTE.

Ah!

GALUCHET.

Oh! je le désire pas... au contraire... mais enfin qui sait si le hasard ou un boulet... et s'il était tué!..

ANTOINETTE.

Laissez-moi, vous dis-je. Tenez voilà la goutte; c'est tout ce que peux faire pour vous.

GALUCHET.

Si c'était du *Parfait Amour?..* oh! (*Antoinette fait un geste d'impatience.*) C'est bon, ma toute belle... je m'en vas; mais je compte toujours sur vous. (*Courant après Van Brutt qui s'est encore arrêté.*) Eh bien! est-ce que tu veux...

(Ils disparaissent tous deux).

SCENE V.

REMY, ANTOINETTE.

REMY.

Il est parti, enfin... Antoinette... je vous cherchais.

ANTOINETTE.

Mon dieu!.. qu'avez-vous donc?.. que vous est-il arrivé? (*S'apercevant qu'il n'a plus ses galons de fourrier.*) Vos galons... Rémy...

RÉMY.

Oh! rassurez-vous... je les ai rendus. Oui, j'ai dit que je ne voulais plus être que simple soldat... C'est que voyez-vous bien, Antoinette, il faut en finir, et puisque votre père ne me rend pas justice...

Air : *Quoi, vous osez encore?* (Le russe.)

Votre père toujours doutant de mon courage
Semble me regarder comme indigne de lui.
De ce doute cruel qui me blesse et m'outrage,
Je saurai, croyez-moi, le tirer aujourd'hui.
Oui, de quelque haut fait que sa valeur s'honore,
A l'égaler au moins, j'espère parvenir;
Car, qu'il l'apprenne bien, comme autrefois encore
L'on sait vaincre ou mourir.

ANTOINETTE.

Oh! ne croyez pas...

RÉMY.

Si fait... il affecte de parler de mes fonctions de fourrier d'un ton... Enfin, il a toujours l'air de me dire que je suis moins exposé aux fatigues et aux dangers que les autres... Et, Antoinette, j'ai su qu'on allait former une compagnie de *tireurs* volontaires... je me suis présenté... me voilà... Et comme j'ai résolu de faire mon devoir en brave soldat... que le poste est périlleux...

ANTOINETTE, *avec émotion.*

Oui... oui... je comprends... mais on peut être brave et prudent en même tems.

RÉMY.

De la prudence... Gérard dirait que j'ai peur... non non... je serai le premier à la brèche... Et Antoinette, si nous ne nous revoyons plus?..

ANTOINETTE.

Rémy!

RÉMY.

Un souvenir quelquefois, n'est-ce pas?.. Mais voilà votre père... il aurait encore quelques dures paroles à me dire, sans doute... je ne veux pas les entendre... et d'ailleurs...

Air : *En attendant.*

L'honneur m'attend, au rendez-vous fidèle,
Je cours à lui, sans perdre un seul instant.

ANTOINETTE.

Eh! quoi déjà vous éloigner de celle
Que vous aimez, quand sa voix vous rappelle!

RÉMY.

L'honneur m'attend. (*bis.*)

(Il s'éloigne rapidement.)

ANTOINETTE.

Rémy!..

SCENE VI.

ANTOINETTE, GÉRARD.

GÉRARD.

Si je ne me trompe, c'était encore...

ANTOINETTE, *avec fermeté.*

Rémy, celui que j'aime, oui, mon père...

GÉRARD.

Ah! oui... le beau fourrier.

ANTOINETTE.

Le soldat Rémy... qui va se faire tuer... pour vous prouver qu'il était digne de devenir... ce que vous ne voulez pas qu'il devienne.

GÉRARD.

Non, certainement... Quant à se faire tuer, nous verrons bien... alors, je ne dis pas...

ANTOINETTE, *essuyant ses yeux.*

Il sera bien tems!

GÉRARD.

Il va en avoir l'occasion, car on dit que les Hollandais font une sortie... Mais je crois, mordieu, que tu pâlis... que tu pleures.

ANTOINETTE.

C'est de chagrin au moins et pas de peur... Vienne l'ennemi et vous verrez si je tremble.

GÉRARD.

A la bonne heure ! songe qu'il faut soutenir le nom de *belle et brave* que le régiment t'a donné d'une commune accord. (*On entend battre le rappel.*) Mais tiens, quand je te disais...

(Il s'apprête à partir.)

LE GÉNÉRAL.

Mes amis, prenez vos armes, et recevons l'ennemi vigoureusement. (*Aux Officiers.*) Messieurs, vous m'aviez promis de déjeuner avec moi dans cette batterie... à midi... il est onze heures... J'espère que dans une heure vous serez tous ici.

L'OFFICIER.

Comptez sur nous, général, une heure... c'est plus de tems qu'il ne nous en faut pour congédier les importuns.

LE GÉNÉRAL.

A vos postes !

Air : *Au feu, au feu !*

Allons, amis courons,
De l'ennemi qui nous menace,
Allons punir l'audace,
Et puis nous reviendrons.

(Les tambours battent, on se prépare à combattre. — Quelques coups de fusil sont échangés. — Vanbrutt accourt poursuivi par Galuchet.)

GALUCHET.

Du tout, du tout... tu es volontaire, voilà un fusil, marches. (*Il le pousse avec le bout de son fusil.*) Qu'est-ce que c'est qu'un volontaire comme ça donc ? (*Ils disparaissent.*)

(Les Hollandais attaquent les retranchemens. Quelques-uns y pénètrent. — Ils sont repoussés et poursuivis.)

VAN BRUTT, *accourant tout effaré*

Ah ! seigneur dieu, quels enragés !.. Tenez, voyez-les courir... La citadelle fait un feu d'enfer... c'est égal... Ah ! dieu.. je crois en vérité qu'ils poursuivent les Hollandais jusques... Les démons... ils sont capables d'entrer dans la citadelle... pour exterminer mes bons amis... Mais en voilà d'autres qui reviennent... c'est justement ce soldat maudit qui s'est attaché à moi. (*Prenant son fusil qu'il avait jeté en arrivant.*) Ah ! si j'osais... mais non, j'aime mieux me cacher.

(Il s'enfuit.)

SCENE VII.

GALUCHET, GÉRARD.

GÉRARD.

Enfoncé! les rats d'Hollandais... les voilà encore une fois rentrés dans leur fromage.

GALUCHET.

Puisque je vous dis qu'il m'a t'échappé... pendant que je m'escrimais à la bayonnette contre ce grand escogriffe qui me montrait des dents, comme s'il avait voulu me manger... mais je suis t'un peu plus coriace qu'un fromage de Hollande, moi, et vous avez vu. .

GÉRARD.

Oui... tu t'as bien comporté, Galuchet... t'as peut-être été un peu trop en volage, mais ça n'y fait... tu étais gentil dans l'action.

GALUCHET.

N'est-ce pas?

(Le général passe dans le fond, entouré d'officiers ; on le voit donner des ordres; et pendant la fin de la scène, des soldats dressent une table et la couvrent de mets.)

GÉRARD.

Mais une autre fois, rappelle-toi que quand le chef dit : Halte!.. le soldat doit s'arrêter... quante même qu'en ce moment il aurait le plaisir de tenir un général au bout de sa bayonnette... c'est dur, mais avant tout...

Air : *Faisons la paix.*

Faut obéir,
Un bon soldat jamais n' raisonne;
Et lorsqu'on lui dit : Va mourir;
Soldat, tòn chef ainsi l'ordonne.
Faut obéir.
Oui, Galuchet, faut obéir.

Parce que si tu n'écoutes pas le chef, et que tu ailles toujours ton train... comme ceux qui sont encore aux trousses des Hollandais... Tiens, ça me fait penser que mon brave garde national m'a quitté pour leur donner la chasse.

GALUCHET

Peut-être que mon volontaire... Ah! que je suis bête... il avait trop peur pour ça... Dites donc, voilà le général.

SCÈNE VIII.

LES MÊMES, LE GÉNÉRAL.

LE GÉNÉRAL.

Oui, mes camarades, le Maréchal sait que tout le monde

a fait son devoir... L'ennemi, repoussé, est rentré en désordre dans la citadelle.., Il est probable que nous irons lui rendre sa visite aujourd'hui même... Et maintenant, Messieurs, puisque nous sommes tous réunis, et que le déjeûner nous attend...

L'OFFICIER, *qui était monté sur le parapet.*

Général... L'ennemi paraît vouloir diriger ses coups sur cette batterie... Déjà quelques bombes...

LE GÉNÉRAL.

Raison de plus, messieurs, pour rester ici afin d'être prêts à lui répondre. A table!

Air *buvons, amis, et buvons frais.* (Cotillon III.)

Buvons, amis, dans les combats,
Si nous allons chercher la gloire,
A table n'oublions pas
Qu'avant tout il faut rire et boire;
Loin de nous chassant les soucis,
Un instant oublions les guerres:
Du vin, de la gaîté, des ris,
Et toujours verres sur verres,
Verse, verse, et vidons nos verres
A la barbe des ennemis.

On a vu nos pères, vingt ans,
Francs buveurs et guerriers terribles,
Aux combats, toujours triomphans,
A table, toujours invincibles,
France, en vain de jaloux esprits
Prétendent que tu dégénères,
Nos pères ont de dignes fils;
Nous ferons tout comme nos pères,
Et comme eux vidons nos verres
A la barbe des ennemis.

GALUCHET, *à Gérard.*

Dites donc, père Gérard, avez-vous entendu tout à l'heure... l'officier? On lance des bombes par ici... C'est ennuyeux des bombes, n'est-ce pas? Les boulets encore, passe... quand c'est passé, ça fait quitte... mais les bombes... Est-ce qu'il n'y aurait pas un moyen?...

GÉRARD.

Il y en a cent des moyens... d'abord, tu peux te mettre ventre à terre.

GALUCHET.

Merci... dans ce gachis-là... pour salir mon pantalon.

GÉRARD.

Pour lors, si t'aimes mieux... une supposition... (*Lui frappant sur l'épaule.*) Vlà une bombe!...

GALUCHET, *faisant un soubresaut.*

Où ça! où ça!

GÉRARD.

C'est une supposition... Vlà une bombe qui tombe à tes pieds... Parce que si elle te tombait sur la tête...

GALUCHET.

C'te farce...

GÉRARD.

Voilà... Toi alors qui ne veux pas salir ton pantalon, tu retrousses tes manches... tu la ramasses... vivement, et tu vas la jeter dans un fossé, dans un trou... un puits, n'importe quoi... si elle éclate, t'es coupé en deux, et alors ton pantalon... ça t'est bien égal... si elle n'éclate pas, tu l'as préservé du trépas toi et tes amis... Autrefois, quand il y avait une mèche en dehors, on l'arrachait; mais à présent, pas moyen.

GALUCHET.

Y a pas mèche, quoi! (*Le factionnaire qui veille sur le parapet crie aux officiers :* Une bombe, gare!)

(Au même instant la bombe frappe le parapet, et couvre la table de débris, puis roule dans la batterie.)

GÉRARD.

Tiens, Galuchet, je vas te donner ta première leçon.

(Il court à la bombe et la ramasse,.. Galuchet se précipite sur lui.)

GALUCHET.

Père Gérard, vous avez une fille, vous.

(Il lui arrache la bombe, et court la jeter par dessus les retranchemens.)

LE GÉNÉRAL, *à Gérard et à Galuchet*

Vous êtes deux braves... Je ne vous oublierai pas.

GALUCHET.

Parlons pas de ça, mon général... elle ne pesait pas quinze onces. Ah! si ç'avait été la bombe du gros mortier, je dis pas! (*Les soldats qui travaillent toujours à la batterie, crient plusieurs fois :* La bombe!... La bombe!...)

(Plusieurs bombes sillonnent l'air, traversent la tranchée et vont éclater plus loin.)

LE GÉNÉRAL.

C'est singulier; l'ennemi n'a jamais tiré avec tant de précision.

(Il remonte la scène pour observer l'ennemi.)

GÉRARD.

Galuchet, tu m'as fait une niche; si tu n'étais pas mon élève... mais ce que tu m'as dit me rappelle que je n'ai pas revu mon Antoinette depuis le combat, où je puis me flatter qu'elle ça conduite en homme de cœur, comme toujours; ça m'inquiète...

LE GÉNÉRAL, *qui descend du parapet et revient.*

Messieurs, ceci est fort grave... La batterie voisine a déjà quatre pièces démontées... Je ne m'étonne plus que les coups de l'ennemi soient si bien dirigés... Il aurait bientôt détruit nos travaux... si nous n'enlevions pas le guidon planté sur les glacis, et qui sert à diriger les coups de ses artilleurs... Pour cela il nous faut un homme intrépide.

LES OFFICIERS *et* LES SOLDATS, *s'offrant à l'envi.*

Moi... moi... général... moi...

GÉRARD.

Général... vous m'aviez promis une récompense... Je réclame la préférence.

GALUCHET.

Moi aussi !

LE GÉNÉRAL.

Allez donc, mes amis .. et cette fois encore... que votre dévouement sauve vos frères.

L'OFFICIER, *monte sur le parapet.*

Arrêtez... C'est inutile.. Un homme, sorti de la citadelle, s'avance en courant vers le guidon... C'est un Français... On tire sur lui... Ciel, il est mort... Non, non... blessé seulement... Il se traîne, se relève, le guidon est arraché (*descendant, et venant au général.*) Il vient vers nous. Le voici.

(Tout le monde court au parapet; — On aide Remy à l'escalader. — Il entre, blessé à la cuisse, et tenant un guidon. — On l'entoure. — On veut le soutenir.)

REMY.

Oh !... Ce n'est rien... Merci.

GÉRARD.

Remy... Quoi ! c'est Remy !

LE GÉNÉRAL.

C'est un service signalé que vous avez rendu à l'armée, camarade... Mais comment... Vous étiez donc prisonnier?

REMY.

Oui, général...

Air : *Merveilleuse dans ses vertus.*

Dans ce combat où nous guidaient
Votre épée et votre vaillance,
Chacun d'nous avait l'espérance
D'prendr' les Hollandais qui fuyaient :
Quelqu's-uns n'écoutant qu'leur zèle
Trop loin poursuiv'nt l'ennemi,
Et jusqu's dans la citadelle
Pêle-mêle entrent avec lui.
Ah ! pour moi quel moment fatal !
(*Avec émotion.*) Mes amis.... prisonnier de guerre !
Pour son pays.... n'pouvoir rien faire !
(*Essuy. ses yeux.*) Excusez-moi... mon général..
Mais bientôt j'eus l'assurance

De pouvoir dev'nir encor
Utile à notr' chère France ;
J'observe tout.... et d'abord
J'apprends qu'effrayés d'nos succès
Et d'not' feu, qui partout les presse,
L's assiégés déplorent leur détresse,
Et parlent de se rendre aux Français.
Hélas! c'en est fait! ô rage!
Que viens-je d'apprendr', de voir?
Tout à coup renaît leur courage
Et leur zèle et leur espoir.
Ils s'embrass'nt s'félicitent tous;
Partout chaque artilleur s'empresse
D'vanter, d' montrer l'adresse
Et l'effet terribl' de ses coups.
Je r'gard', j'en vois la cause,
Je m'élanc' sur les remparts,
A leur mitraill' je m'expose;
N'import', j'les franchis.... je pars.
Mais soudain l'feu des ennemis
En m'frappant m'ôt' mon espérance,
Quand au souvenir de la France
Je m'ranime et je saisis....
Oui, je saisis ce trophée,
Fier d'avoir pu de mes mains
Enlever à leur armée
C'qui rendait ses coups certains.
En vain l'ennemi crut pouvoir
Se sauver par cet artifice.
Avec ce guidon périsse,
Périsse son dernier espoir!

(*Il le brise et le jette à ses pieds.*)

Et maintenant, général... feu partout... la citadelle se rend.

LE GÉNÉRAL, *aux officiers.*

Les canonniers aux pièces, messieurs, et feu dès que vous serez prêts.

(Il va au fond, la canonnade commence.)

GÉRARD, *à Remy, en lui serrant la main.*

C'est beau ce que tu as fait là... Rémy... à présent, vois-tu... entre nous, que ce soit à la vie, à la mort... Mais, Antoinette... où est-elle donc?

RÉMY.

Antoinette! que voulez-vous dire?

GALUCHET, *accourant.*

Votre fille, Antoinette; elle est retrouvée... Ah! mon Dieu, j'en tremble encore pour elle. Depuis que le gudion est enlevé, les bombes vont tout de travers; ça fait qu'on peut mettre le nez sur la lunette. Voilà donc que nous étions tous là à regarder, quand nous voyons sur les glacis un grenadier, vous savez, votre garde national?... Blessé grièvement, et presque porté par Antoinette, qui ne fait pas plus d'attention aux balles qui pleuvent, que si c'était des gouttes d'eau.

GÉRARD.

Mordieu... Ma fille... A moi, mes amis.

RÉMY.

Père Gérard !

GÉRARD.

Eh! sans doute, t'as bien le droit de venir sauver femme, peut-être.

RÉMY.

Ah!... venez... Courons.

(Ils s'éloignent par la gauche.)

SCENE IX.

LE GÉNÉRAL, L'OFFICIER.

L'OFFICIER.

Général, un officier supérieur hollandais demande à ê conduit auprès du Maréchal.

LE GÉNÉRAL.

Qu'il vienne. J'aperçois le Maréchal qui s'avance de côté... Allez.

(L'officier sort; et revient un instant après avec un colo hollandais.)

LE MARÉCHAL.

Général, cette batterie a fait merveille... Encore quelqu coups de canon, et la brèche sera praticable. (*Apercevant colonel hollandais.*) Mais, que vois-je ?

LE GÉNÉRAL.

Un parlementaire, que le général Chassé envoie vers Vot Excellence.

LE MARÉCHAL.

Colonel, approchez.

LE COLONEL, *lui présentant une dépêche.*

M. le Maréchal, je suis chargé de vous remettre cette d pêche, de la part du commandant de la citadelle.

LE MARÉCHAL, *lisant.*

« Croyant avoir satisfait à l'honneur militaire, dans la d
» fense de la place dont le commandement m'est confié, j
» désire faire cesser l'effusion du sang; c'est, en conse
» quence, M. le Maréchal, que j'ai l'honneur de vous préve
» nir que je suis disposé à évacuer la citadelle avec les force
» sous mes ordres, et à traiter avec vous de la remise de l
» place.

» L'officier chargé de remettre cette lettre à Votre Excel
» lence est muni des instructions nécessaires pour traiter d
» l'évacuation susdite. »

LE MARÉCHAL.

Je suis prêt à vous entendre, Monsieur, et si les propositions du général Chassé sont telles que je puisse les accepter avec honneur, ne doutez pas que je ne m'empresse de le faire... heureux de témoigner ainsi l'estime que m'ont inspiré son noble courage, et celui des braves défenseurs de la citadelle.

(Il lui parle bas. Les officiers supérieurs font cercle autour d'eux.)

SCENE X.

LES MÊMES, GÉRARD, GALUCHET, REMY, ANTOINETTE, LE GARDE NATIONAL, *soutenu par Antoinette et Gerard.*

ANTOINETTE.

Oh! ne craignez pas de me fatiguer... Appuyez-vous sur mon bras.

LE GARDE NATIONAL.

Mes amis.., ici... ici... je ne puis... mes forces... m'abandonnent.

LE GÉNÉRAL.

Ciel... un garde national... blessé.

(Il fait un signe. On court chercher un chirurgien.)

ANTOINETTE, *offrant à boire au garde national.*

Prenez... encore un peu... cela vous ranimera.

LE GARDE NATIONAL.

Excellente... fille... (*Au chirurgien, qui arrive, et qui se prépare à le panser.*) Non, non... monsieur... vos secours seraient inutiles... je le sens; mais grâces à cette femme intrépide, dont les soins ont prolongé mes jours... quelques instans encore... je meurs heureux! Général... daignez exaucer les derniers vœux d'un citoyen...

LE GÉNÉRAL.

Ah! vous vivrez encore... pour votre patrie.

LE GARDE NATIONAL, *les voyant tous attendris.*

Air : *Faut l'oublier.*

Non, mes amis,.. non, pas de larmes;
N'ai-je donc pas assez vécu?
Puisqu'avant de mourir, j'ai vu
Triompher encore nos armes.
Celle dont le secours combla
Cette douce et chère espérance,

(*Prenant Antoinette par le bras, et la présentant.*)

Mon général, oui, la voilà!

(*Arrachant sa croix.*)

Ah ! de ce signe de vaillance,
Décorez-la ; (*bis*)
Comblez ma dernière espérance,
Décorez-la. (*bis*)

Général, vous me le promettez.

LE GÉNÉRAL.

Je vous le jure.

LE GARDE NATIONAL.

Eh bien ! prenez donc... (*Il lui donne sa croix.*) Et maintenant, mes amis... mes frères... adieu... Vive le Roi ! vive la France!

(Il meurt. Le général fait signe de l'emporter. Tout le monde se decouvre sur son passage.)

LE MARÉCHAL, *qui salue aussi*, *au colonel.*

Je vous le répète, monsieur, je ne puis accepter de telles conditions; voici les miennes : La garnison sortira de la citadelle avec les honneurs de la guerre; elle défilera devant l'armée française, déposera les armes, et restera prisonnière. Décidez-vous, monsieur, ou je vais faire recommencer le feu.

LE COLONEL.

Puisqu'il n'est pas d'autre moyen de conserver a mon souverain la vie de nos braves soldats... j'use de mes pouvoirs, monsieur le maréchal, et je signe cette capitulation.

(Il signe le papier que lui présente le maréchal, et sort.)

SCENE XI.

LES MÊMES, VAN WENETT.

VAN WENETT.

Eh bien! quand je disais que nous ne tarderions pas à prendre cette citadelle... nous la tenons donc enfin, cette fameuse citadelle !.. (*A Gérard.*) Ah ! bonjour. l'ancien... Vous n'êtes pas tué, donc... ah ! tant mieux... A propos, je vous annonce toute la ville d'Anvers, qui me suit : j'ai pris les devants, parce que vous savez, moi...

SCENE XII.

LES MÊMES, GALUCHET, *entrant avec* VAN BRUTT.

GALUCHET.

Le voilà, le voilà, mon volontaire.

GÉRARD.

Où l'as-tu trouvé ?

GALUCHET.

Caché au fond d'un caisson... ah ! oui, quand on s' bat,

tu te caches dans les caissons, toi? je te... Mais non, la guerre finie, les volontaires sont libres... je te donne ton congé définitive.

LE MARÉCHAL, *au général, qui lui présente Antoinette.*

Il suffit, général.

LE GÉNÉRAL, *présentant Antoinette.*

La voici.

LE MARÉCHAL.

Je ratifie ce legs d'honneur. (*Aux soldats*) Et vous, camarades, vous, qui avez montré tant de dévouement et d'héroïsme, la France et votre Roi sauront vous récompenser.

TOUS.

Vive le Roi! vive la France!

(Le maréchal s'éloigne.)

LE GÉNÉRAL.

Air de Bonaparte à Brienne.

A l'amour de la patrie,
Soldats, vous avez des droits;
Et notre France chérie
Va célébrer vos exploits.
On redira le courage
Que chacun de vous montra;
Partout, sur votre passage,
A l'envi, l'on s'écriera :
Ce sont eux, (*bis*)
Ce sont nos soldats valeureux,
Gloire à vous, soldats valeureux.

(*Ce refrain ne doit être répété que par les officiers et les Belges.*)

UN OFFICIER.

Souvent, je vous entends dire :
Quand donc irons-nous au feu?
On allait mieux sous l'empire.
Amis, attendez un peu.
Ça viendra, veuillez m'en croire;
Et vous le voyez déjà,
Nous tenons une victoire,
C'est quelque chose que ça.
Ennemis, (*bis*)
Sur vous, c'est toujours ça de pris.

GÉRARD.

Quelqu'fois, j' vois s' mettre en bisbille
Et se brouiller tout d'abord,
Les enfans d'un' mêm' famille,
Jusques-là toujours d'accord.
Mais qu' ceux qui rêvant leur ruine;
Veulent profiter du moment,
L'instinct paternel les d'vine,
Halt'-là, qu'on leur dit, un instant.

Et soudain,
Oui, soudain,
Chaque frère se donn' la main.

(Il présente la main à un garde national. On fait une chaîne générale.)

GALUCHET.

Quand j' pense à la citadelle
Qu' nous avons tant fait danser,
Je m' dis : C'est assez pour elle,
J' voudrais ben aussi m' trémousser.
Justement, c'est demain fête,
C'est Noël, ça s' trouve bien ;
En France, l'crin-crin s'apprête.
(Regardant autour de lui.)
Mais nous ici, *(frappant sur son gousset.)* pas moyen.

Ah! une idée.

Oui, faisons réveillon,
Et Guillaum' paiera le violon.
Oui, faisons réveillon ;
C'est Guillaum' qui paiera le violon.

(Frappant sur le ventre de Van Brutt, qui s'était approché de lui pour entendre.)

Pas vrai, volontaire?

(Van Brutt se retire en faisant la grimace.)

REMY.

Le roi qu'a choisi la France,
Nos droits et nos libertés,
Etrangers, par vous, je pense,
D'sormais seront respectés.
Que votre arrogance cesse ;
Croyez-nous, changez de ton,
Ou nous irons, d'politesse,
Vous donner encore un' leçon.
Le canon. *(bis)*
D' vos insult's nous fera raison.

ANTOINETTE.

J'ai tenté d' sauver un frère
En volant à son secours ;
Ah! que n'ai-je pu mieux faire,
Et pour lui, donner mes jours.
(A ceux qui l'entourent, en montrant la croix qu'elle tient à sa main.)
Vous d'sirez qu' cette récompense
Brill' sur mon cœur ; mais je veux
Savoir avant si la France,
Amis, applaudit à vos vœux.
Mon pays, *(bis)*
France, m'accordes-tu ce prix?

LE GÉNÉRAL.	TOUS.
Ton pays,	Ton pays,
Crois-moi, t'accordera ce prix.	Crois-nous, t'accordera ce prix.

(La toile tombe sur ce tableau, ou bien chacun reprend ses rangs, et le régiment défile au son d'une marche brillante.)

FIN.

www.ingramcontent.com/pod-product-compliance
Ingram Content Group UK Ltd.
Pitfield, Milton Keynes, MK11 3LW, UK
UKHW022153170726
13837UKWH00004B/1955

9 782329 15859